KB080713

당랑권 전성시대

당랑권 전성시대

윤 성 학 시 집

창비

차 례

매 008

뼈아픈 직립 009

내외 010

정로환 012

돌아온 외팔이 2 014

클레이사격장에서 쏜 것은 016

이 밥통아 017

낡고 오래된 파자마 018

구지가(龜旨歌)를 불러다오 020

상류에서 022

단독강화 024

마중물 026

가시 027

구두를 위한 삼단논법 028

오리지널 대나무 싸운드트랙 030

불, 달린다 032

굳은살 034

해에게서 소년에게로 035

튜브 036

귀고리를 꺼내주세요 038

당랑권 전성시대 040

촛대뼈 042

조정 043

귀신 044

감성돔을 찾아서 046

5×10^5V로 가라 048

화성학 050

사춘기 052

부탄가스 053

나비 사냥 054

칸 056

고려소금대장경 058

다산(茶山)과 보낸 하루는 060

반동 062

황홀한 방문객 064

티눈 066

당신의 역도 068

눈부신 그늘에 070

2인극 071

지부복궐상소(持斧伏闕上疏) 072

완강한 독서 074

이 남자의 뒷물 075

이 땅의 아름다운 것 076

리어카 리어카 078

흡혈귀 079

철근을 옮기는 법 080

장어구이 082

담론(痰論) 083

김신조가 온다 084

소금 시 086

해설 | 박수연 087

시인의 말 103

매

매받이는 사냥을 나가기 한 달 전부터
가죽장갑을 낀 손에 나를 앉히고
낯을 익혔다
조금씩 먹이를 줄였고
사냥의 전야
나는 주려, 눈이 사납다
그는 안다
적당히 배가 고파야 꿩을 잡는다
배가 부르면
내가 돌아오지 않는다는 것을
꿩을 잡을 수 있을 만큼의,
날아 도망갈 수 없을 만큼의 힘
매받이는 안다
결국 돌아와야 하는 나의 운명과
돌아서지 못하게 하는 야성이 만나는
바로 그곳에서
꿩이 튀어오른다

뼈아픈 직립

허리뼈 하나가 하중을 비켜섰다
계단을 뛰어내려가다가
후두둑
직립이 무너져내렸다

뼈를 맞췄다
삶의 벽돌이야 한장쯤 어긋나더라도
금세 다시 끼워넣을 수 있는 것이었구나
유충처럼 꿈틀대며 갔던 길을
바로 서서 걸어 돌아왔다

온몸이 다 잠들지 못하고 밤을 새워 아프다
생뼈를 억지로 끼워넣었으니
한 조각 뼈를 위하여
이백여섯
삶의 뼈마디마디가
기어코 몸살을 앓아야 했다

내외

결혼 전 내 여자와 산에 오른 적이 있다
오붓한 산길을 조붓이 오르다가
그녀가 보채기 시작했는데
산길에서 만난 요의(尿意)는
아무래도 남자보다는 여자에게 가혹한 모양이었다
결국 내가 이끄는 대로 산길을 벗어나
숲속으로 따라 들어왔다
어딘가 자신을 숨길 곳을 찾다가
적당한 바위틈에 몸을 숨겼다
나를 바위 뒤에 세워둔 채
거기 있어 이리 오면 안돼
아니 너무 멀리 가지 말고
안돼 딱 거기 서서 누가 오나 봐봐
너무 멀지도
너무 가깝지도 않은 곳에 서서
그녀가 감추고 싶은 곳을 나는 들여다보고 싶고
그녀는 보여줄 수 없으면서도

아예 멀리 가는 것을 바라지는 않고

그 거리, 1cm도 멀어지거나 가까워지지 않는

그 간극

바위를 사이에 두고

세상의 안팎이 시원하게 내통(內通)하기 적당한 거리

정로환

가실 때, 정로환 한병을 가방에 넣어드렸다

멀리서 손주딸 살림을 들여다보러 온 처할머니가
선 채로 물똥을 지렸다
다리를 타고 흘러내리다가
바닥에 멈춰 섰다
아내는 얼른 달려가 휴지로 그걸 훔쳐내고
바지를 벗기고 노구를 씻겼다

딸아야
아래를 잘 조이고 살아야 여자다
고개 돌려 모른 척하던 손주사위가
고개를 끄덕인다
끄덕인다
구멍이 헐거워
밑살이 야물지 않아
내 속이 늘 가지런하지 못했다

때론 분노를 때론 눈물을
몸에서 놓치곤 했다
늙는다는 건
구멍이 느슨해진다는 것이 아니었다
얼마나 더 늙어야
나의 구멍들을 다스릴 수 있을 건가

가실 때
정로환 다섯 알을 내가 먼저 꺼내 먹고
가방에 넣어드렸다

돌아온 외팔이 2

딱딱한 것과 딱딱한 것이 만나
세상을 이렇게 흔들어댄다
지지 않으려 저 난리다
굳어 있는 것들은 제 몸을 움직일 때마다
좋지 않은 소리를 내는 법이다

포클레인, 이번엔
하나뿐인 팔에 무거운 정(釘)을 달고 와
아스팔트를 뚫고 있다
이건 쉽게 끝나는 싸움이 아니다
둘만의 싸움으로 끝나는 것도 아니다
죄 없는 담벼락들에 실금이 파고들었다

나는 파헤쳐진 아스팔트를 피해 걷다가
승부가 결정된 순간이 언제인지 보았다
단단함을 자랑하며 세상을 뒤흔들던
외팔이의 공격이

부드러운 흙을 만나자마자 그만

뚝

멈춰버린 것이다

클레이사격장에서 쏜 것은

예상 밖이다
누구나 예상은 하고 있지만
쏘아 떨어뜨려야 할 것들은
언제나 갑자기 날아온다는 사실

목표물은 한순간도 같은 자리에 머물지 않는다
빈 하늘을 빠르게 횡단한다
허공에 걸린 표적을 향해 총을 겨눈다
그러나 내가 쏘는 것은
마른 공기를 가르며 날아가는 비행체가 아니다
그가 도착하지 않은,
몇백분의 일초 후
그곳에 도착할지 아닐지 알 수 없는
허공의 한점
불안과 희망이 만나는,
무한한 공간과 찰나의 시간이 만나는 그곳으로
총알을 마중보내는 것이다

이 밥통아

사랑이 밥통과 같다는 걸
누가 알았겠는가

나의 부엌에서
가장 어리석고 아둔한 음운을 가진 부속
사랑이 그렇게 둔탁한 발성과
모서리 없는 몸을 가졌다는 걸
일찍이 알지 못했네

오래 집을 비웠다가
돌아왔을 때

속이 비쩍 다 마르도록
전원을 끄지 않고
어둠속에 웅크리고 있던
너,
의 이름을 부른다

낡고 오래된 파자마

사는 게 파자마 같다
어디에 벗어두어도 상관없다
구겨지거나 늘어나거나 색이 바래면서
몸은 파자마에 길들여진다
앞도 없고 뒤도 없다
사는 것은, 사는 것에 익숙해지도록 설계되어 있다
라고 생각하게 될 줄이야

여기저기 실밥이 터진 꼴을 보다 못한 아내가
파자마를 새로 사왔다
파자마 속으로 퇴근하는 저녁이면
아내보다 파자마가 더
나의 체형을 정확히 기억하고 있다는 걸 알게 된다
한두 번만 입어보면 안다
그는 형상기억합금 브래지어처럼
내 몸의 정보를 고스란히 모방한다
누구라고 밑도 끝도 없이

앞뒤 없이 살고 싶겠는가
파자마를 보면
투둑
가슴이 내려앉는다
여기저기 생활의 솔기가 타지는 소리를 듣고도
아무렇지 않게 사는 내가 거기 있기에
무뎌짐도 익숙해지면 그뿐이란 걸 알기에

구지가(龜旨歌)를 불러다오

거북이 고기를 먹고 싶으냐
껍데기 안에 숨은 살을 어찌 꺼낼 것이냐
한순간 머리를 내밀 때 얼른 잡으면 되겠느냐
손이 닿기도 전에 안으로 숨어버릴 터인데

껍데기를 끈으로 묶어 거꾸로 매달아라
한참을 그렇게 두어라
중력을 버티던 놈의 대가리가
껍데기 밖으로 슬며시 나오면
그때 얼른 손으로 잡으면 되겠느냐
손이 닿기도 전에 안으로 숨어버릴 터이니

한참을 그렇게 두어라
대가리가 나오면
잡아보아라
몇번은 더 안으로 숨어버릴 것이다
온몸의 피가 몰리고

중력은 더욱 놈을 당겨
대가리가 미주알처럼 축 빠진다 싶거든

놈의 입에 얼른 연필을 대어보아라
한번 문 것은 절대 놓지 못하는 습성에
빗장처럼 가로질려
다시 들어가지 못하고
안팎으로 걸릴 터이니

연필을 아래로 주욱 당겨
그 목을 따,

이제 거북이 고기를 먹을 수 있겠느냐

상류에서

며칠째 장맛비가 내리는데 강가에 나갔습니다
상류에서 자꾸만 우는 소리가 들려서
우산 쓰고라도 나가봐야 했습니다
강물은 젖이 불어서
날더러 빨아달라고 빨아달라고
졸라대는 것이었습니다
댓발이나 나온 그 유방을 빨 줄 몰라
그저 강 언저리에 앉아
그녀의 유선(乳腺)에 손을 담그고
만지작거리기만 했습니다
젖몸살이 아파 뒤척이는 게 안타까워서
한참을 나란히 걸어줄 뿐이었습니다

멀리 댐이 보였습니다
막혀 있는 것들은 그 내면이 자꾸 부어올라서
몸집이 따라 부풀고
몸집이 커지는 게 아파서 또 웁니다

무릎을 꿇고 앉아 그녀의 가슴을 입에 뭅니다
갇혀서 몸을 부풀릴 땐 서로가 서로에게
몸살이었지만
가볍게 몸을 낮추려고 마음먹은 것들
낙폭의 저 아래로 떨어지는 것들은
스스로 일생일대의 환호성이었습니다

단독강화

테무진이 열네살에 알아버린 세상
유목민족의 정신은
말 위에서 태어나 자라고 스러지므로
그들은 야생마를 잡아야 하는 운명을 끊을 수 없다

잡아가둔 야생마들 가운데 두 마리가
서로 차고받으며 무리의 평온을 흔들었다
초원의 소년 누구도
그 둘의 야성을 잠재우지 못했는데

테무진이 늑대의 가죽을 쓰고
우리 안으로 기어들어가자
수십 마리 말들은
불장작으로 얻어맞은 듯 흩어졌지만
그 두 말은 서로 목을 비비며
연합하는 것이었다
테무진이 열네살에 알아버린 것은

두려움이 동맹을 만든다는 것
두려움과 평화 가운데 하나를 선택해야만 하는
운명의 방식이었다

내가 서른네살에 알게 된 것
두려워하고 있다는 걸 보이지 않기 위해서는
육식동물의 가죽을 덮어쓰고
거친 초원으로 가야 한다는 것
여기선 누구나 그렇게 한다는 것

마중물

참 어이없기도 해라
마중물, 마중물이라니요

마중물 : 펌프로 물을 퍼올릴 때, 물을 끌어올리기 위하여 먼
저 윗구멍에 붓는 물
(문학박사 이기문 감수 『새국어사전』 제4판, 두산동아)

물 한 바가지 부어서
열길 물속
한길 당신 속까지 마중갔다가
함께 뒤섞이는 거래요
올라온 물과 섞이면
마중물은 흔적도 없이 사라져버릴 텐데
그 한 바가지의 안타까움에까지
이름을 붙여주어야 했나요
철렁하기도 해라
참 어이없게도

가시

목구멍에 제대로 걸렸다
보이지도 않고
입 안에서 느껴지지도 않았었다
삶의 끝
다음 생의 시작을 구경하는 것이
이렇게 간단하다
목숨이 드나드는 구멍은 본디 캄캄한 것이어서
보이거나 손에 닿는 범위가 아니다

맨밥을 삼킨다 씹지도 않고 꿀꺽,
끄집어내야 했는데
어느 순간 밀어넣으려고 애쓰고 있다
목에 칼을 들이대고 괴롭히던 것
몸 안으로 마구 당기고 있다
불쑥 들어와버렸다
퍼덕이다,
녹아든다

구두를 위한 삼단논법

갈빗집에서 식사를 하고 나오다가
신발 담당과 시비가 붙었다
내 신발을 못 찾길래 내가 내 신발을 찾았고
내가 내 신발을 신으려는데
그가 내 신발이 내 신발이 아니라고 한 것이다
내가 나임을 증명하는 것보다
누군가 내가 나 아님을 증명하는 것이
더 참에 가까운 명제였다니
그러므로 나는 말하지 못한다
이 구두의 주름이 왜 나인지
말하지 못한다

한쪽 무릎을 꿇고 앉아
꽃잎 속에 고인 햇빛을 손에 옮겨담을 때,
강으로 지는 해를 너무 빨리 지나치는 게 두려워
공연히 브레이크 위에 발을 얹을 때,
누군가의 안으로 들어서며 그의 문지방을 넘어설 때,

손 닿지 않는 곳에 놓인 것을 잡고 싶어
자꾸만 발끝으로 서던 때,
한걸음 한걸음 나를 떠밀고 가야 했을 때
그때마다 구두에 잡힌 이 주름이
나인지
아닌지
나는 어떻게 말해야 하는가

오리지널 대나무 싸운드트랙

숲 사이로 난 작은 길을 걸어
대나무 안으로 들어갔다
아홉량의 바람이 정차했다가
다음 역으로 출발한다
덜컹대는 숲

전철 타고 퇴근하는 길
이젠 시집을 읽다가도 잠이 든다
우체국을 나선 행낭처럼 흔들리다가
차창에 머리를 덜컹거리며 흔들리다가

마당을 쓰는 스님
사람들이 발을 들어주면 자리 밑까지
외손녀의 머리를 빗기듯 알뜰한 비질
내 앞에 한참이나 서 있더니
발 치워라
대나무로 무릎을 쾅쾅 친다

눈뜨면 덜컹대는 숲속
무릎이 쾅쾅 저리고
잠퉁아 이 잠퉁아 눈떠라

대나무 천둥이 운다

불, 달린다

며칠째 자리가 비어 있다
같이 일하는 여사원
그녀의 고향집
이번 산불로 집과 비닐하우스를 잃었다
버섯과 고추를 알뜰히도 태웠다

밤에
불이 산에서 뛰어내려오는 것을
뻔히 보고 있었다고 한다
가속도를 주체하지 못해 가랑이를 쭉쭉 벌리며
마구 쏟아져 내려와서는
지붕에 철퍼덕 엎어졌다가
금세 일어나서 또 뛰어가더라고 했다
노부모도 덩달아 뛰었다

며칠 만에 그녀가 돌아왔다
그녀의 머리칼에서

버섯 굽는 냄새가 잠시 피어올랐다

미안한 이야기지만

내가 불붙으면

얼마나 빨리 달릴 수 있을지

불덩이로 확 덮쳐버릴 수 있을지 궁금했다

정말 미안했는지

꿈속에서 물동이를 날라주느라

자고 일어나니

어깨가 부서진 듯 아팠다

굳은살

주름마다 온통 날을 세우고 있었다

처음 손에 쥔 호두는 거칠고 아렸다
연한 손바닥과 부딪친 호두는
풀이 죽어갔다
거친 것이 부드러워지는 동안
손바닥은 단단해졌다

거친 놈들을 다루는 방법이다

해에게서 소년에게로

열쇠를 돌려 배기량 1,500cc의 하루를 점화시킨다
도시의 해는 길 위로 뜨고 길에서 스러진다
그러니 폐곡선의 그 도로가 너를 먹여 살릴 것이다
공회전 시간만큼만 머뭇거리자
어둠과 빛이 몸을 바꾸는 강변을 달린다
더 깊이 밟자
해가 뜨는 속도보다 빠르게 가야 한다

아직 전조등을 켜고 있다
중앙분리대 건너편 마주 달려오는 차들
밤새 날갯짓에 지친 발광곤충처럼 스쳐간다
네가 향하고 있는, 저들이 지나온 곳
그곳은 아직도 밤인가
라이트를 켜지 마라
저들은 밤을 지나왔지만
소년아
너는 어둠으로 가지 않아도 좋다

튜브

사는 게 다 이런가 싶을 때면,

마흔다섯의 어느날 밤 잠들었다가 깨지 않은 종환이형
의 빈소에서, 나보다 네댓 살 많은 정집사의 암세포가 양
쪽 폐로 전이되어 〔강동속 여러분 기도합시다〕 문자를
받았을 때, 고영민 왈 : 아버지가 전립선암 말기다 지난
주말 당신의 막내아들을 생전 처음 보는 눈빛으로 바라
보시더니,

두번 세번 치약을 새로 짜서
오래오래 양치질을 했다
삶이 치약 같다고 쓴다
써놓고 보니
정말 그런 거 같아서 얼른 지운다
어느 누구도 다시 들어가는 걸 보지 못했다
한번 튜브를 빠져나오면,

맨 처음 치약은
부드럽고 매끄러운 몸이었다
안의 것들을 밀어낼 때마다
조금씩 몸을 망가뜨렸다
결국
다 내주고 모자라
밑에서부터 꼬깃꼬깃 자신을 접는다
구겨지며 작아진다
마지막 하나까지 알뜰히 밀어내면
그뿐이라고 쓰다가,

귀고리를 꺼내주세요

반짝 엄마의 귀고리 한 짝
치마의 낡은 주름을 타고 흘러내리다
씽크대 틈 사이로 뛰어들었다
엄마는 무릎을 꿇고 앉아 좁은 틈 사이를 들여다본다
나는 수많은 틈으로 갈라터진 엄마의 발꿈치를 본다

꼬챙이를 넣어 더듬는다
바닥에 배를 깔고 엎드려
어둠의 입구에 눈을 댄다
잃어버린 것을 찾고 싶다면
몸을 낮추어야 한다
바닥까지 내려가거라
잃어버린 것들은 갈라진 곳에 살고
그곳은 늘 어둡다
그들이 살고 있는 어둠속으로는
손가락 한마디도 들어가지 않는단다
저 귀고리도 그 안에서는 반짝이지 못한다

엄마는 젖먹이처럼 엎드려
더듬는다
빛을 더듬어 틈 안으로 밀어넣으려 한다

엄마의 틈에서 나온 내가
틈새를 열고 들어가는
엄마의 때묻은 발바닥을 본다

당랑권 전성시대

권법 없이 산다는 건 쉬운 일이 아니다
이곳에는 사람 수만큼의 권법이 있다
익히더라도 강한 것을 익혀야 산다
나는 당랑권을 택했다
매미를 잡아먹는 사마귀의 전술이다

상대와 마주 섰을 땐 늘 중심을 뒤에 두고
정면이 드러나지 않도록 하라
그래야 혈을 지킨다
사각(死角)으로 돌다가!
연속적인 단타로 급소를 파고든다
그의 반격을 받아흘리며
쉼없는 상하연타를 구사해
승부를 몰아간다
나는 여기서 당랑권을 익혔다
강하게 파고들었다가
빠르게 빠져나오는

고수들을 보며 익힌 권법이다
그들은 누구에게도 붙잡히지 않고
아무도 사랑하지 않는다
이것이 당랑권이다

촛대뼈

촛대뼈 차여본 사람은 안다
맥없이
푹
꼬꾸라져
통점을 부여안고
자신을 일으키려 애써본 사람은 안다
두 뼘도 안되는 뼈마디 두 쌍이
H빔처럼
전신을 지탱하고 있었다는 것을
그,
굽힐 수 없었던 작은 뼈대가
언젠가 몸 전체를 굽히게 만든다는 것을

조정

여기는 미사리 조정경기장
아홉명 한 팀이 서로 등을 보인 채 앉아
노를 젓는다
수면이 팽팽히 당겨진다
저들의 펄떡이는 로우잉(rowing)을 보자
빠른 회전운동과 힘찬 직선운동이 무수히 교차할 때

마주 보아야만 소통할 수 있는 게 아니었던가
그가 돌아보지 않는다면
뒷모습에 대고도 말할 수 있어야 했나
저들은 자신을 자신에게
쉼 없이 당겨야 한다는 것을 안다
누군가의 가슴에 매달리지 않고
앞으로
앞으로 나가기 위해서
스스로 돌아앉아야 할 때가 있다

귀신

언젠가 한번은 만나게 될 줄 알았지만
이런 백주대낮에 마주칠 줄이야

귀신이 나타났다
머리를 길게 풀어 얼굴을 덮은 처녀귀신
허연 옷의 요, 요망한 것이 스윽
다가오는 것이다
벌떡 일어나 달아나려는데,
전철 안이었다
바로 맞은편에 앉은 여자
흰 블라우스의 처자가
머리를 내려 얼굴을 가린 채 자고 있다
귀신에 홀려 황망히 섰다가
다시 홀연히 자리에 앉아
앞인지 뒤인지 분간할 수 없는 저, 저
머리통을 오래 바라보았다

눈 가린 채

앞뒤 없이

스르륵 문지방 타넘듯 다니는 나도, 참

어지간히 귀신은 귀신인가보다

감성돔을 찾아서

홀로 바위에 몸을 묶었다

바다가 변한다
영등철이 다가와 바다가 몸을 바꿔 체온을 올리고
파도의 깃을 세우면
그들은 산란의 춤을 추기 시작한다
빠른 물살이 곶부리를 휘감는 곳
빠른 리듬을 타고 온다
영등 감생이의 씨즌이다

바닷물의 출렁거림은 흐름과 갈래를 지녔다
가장 강한 놈은 가장 빠른 곳에서만 논다
릴을 던져라 저기 본류대를 향해
가쁜 숨 참으며 마음속 깊이로 채비를 흘려라
거칠고 빠른 그곳
거기 비늘을 펄떡이는 완강함
릴을 던져라

바다는 몸을 뒤채며 이리저리 본류대를 끌고 움직이
지만
  큰 놈은 언제나 본류에 있다
  본류는 멀고
  먼 데서부터 입질은 온다
  바다의 마개를 뽑아올릴 힘으로
  나를 잡아채야 한다
  팽팽한 포물선을 그리며 발밑에까지 끌려온 마찰저항
  마지막 순간이 올 때

  언제나 거기 있다
  막, 채비를 흘려보냈다

  온다

$5 \times 10^5 V$로 가라

나무에 벼락이 떨어지는 순간을
ISO 25 저감도 필름, 장시간 노출 B셔터로 잡은
사진 한장

오버스로우로 내리꽂은
제우스의 강속구가
까만 배경을 갈기갈기 찢으며 날아온다
3×10^{23}m/sec의 속도로 지상에 전송되는
칼 같은 메시지 한 줄
나무는,
포수가 싸인을 보내듯
제 정수리에서 허공으로 가느다란 전류를 흘려보낸다
떨어질 곳을 찾던 그의 직구가
순간,
살짝 각도를 꺾는 슬라이드 볼이 되어
전류의 미트 속으로 빨려들어가고 있다
나무가 온몸으로 광속구를 받아내는 찰나

늦은 밤 깊은 골목
비 맞은 채 서서 내민
너의 가느다란 손을 잡던 그때
$5 \times 10^5 V$의 광속구는 날아와
스뚜라잌!
온 생이 저릿저릿 울려퍼졌다

화성학

그는 주조정실에서 장치를 만지고
난 빈 강당에 우뚝 서서 앞뒤사방 음파를 맞으며
음향 상태를 점검한다
내가 손바닥을 위로 들어올리면
음은 손바닥 위까지 키를 높이는데
어느 순간, 음들이 뭉치고 덩어리지며
자음과 모음이 서로 찔러 웅웅
울기 시작한다
어깨를 눌러 음을 앉히면 너무 작고, 세우면 운다
빈 강당 한가운데서
앉지도 서지도 못하는데

그는 답을 알고 있었다
비어 있을 때 징징 울던 것이
사람들이 들어와
머리카락으로
옷으로

피부로

울음을 나눠 가지면

자음과 모음이 서로 어르며 제자리에 앉는다

사람들은 자신이 그 울음을 멎게 한

장본인이란 걸 까맣게 모른 채 앉아 있다

사춘기

지드를 읽습니다. 눈먼 소녀가 손끝으로 읽던 음(音)의 색(色), 낡은 세로쓰기의 행간에 당신의 이야기를 적어넣습니다. 원추리꽃이었나요, 서서히 그림자를 누이는 하루. 붉은 해를 튕겨올리는 샛강 언덕 함께 읽던 무덤가 꽃무더기를 암송합니다. 얼굴에 어리는 물비늘을 떼어주던 당신의 손, 끝.

바람은 불지 않을 때 어디에 가 있는지 알고 싶었습니다. 바람이 없을 때에도 흔들리는 것을 읽으면 될까요. 잠자리 날개를 통과하는 옅은 한숨. 하지만 당신의 머리칼 잠시 숨다 갈 뿐 나뭇가지들의 손, 끝을 따라가다보면 이정표 위로 몸을 옮기는 것이 있었습니다.

숲은 깊었고 어두워지기 시작했지요. 뒷장을 펄럭이며 마지막으로 빛나는 잎새들 한 페이지 한 페이지마다 다 읽을 수 있었습니다. 바람은 숲으로 와 잠들고 바람을 먹고 사는 숲이 다시 어린 바람을 낳을 때, 발목을 적시는 한기. 숲은 깊고 어둡고 바람이 다시 돌아오기를 기다리며 나는 그제야 막 불 켜는 밤하늘을 읽고 있었습니다.

부탄가스

그래서 속이 시원해지겠다면 실컷 나를 욕해라
그래
나다
가슴에 못 친 것

날 용서하지 않아도 좋아
혼비백산(魂飛魄散)
흔적도 없이 터져버리지 않고
이날 이때 그나마
그 신간으로나마 살 수 있었던 게
결국
서로의 가슴에 구멍을 내며 살아온 때문이란 걸
알게 되는 날이 온다 해도

나비 사냥

누구도 본 적 없는 종(種)을 만나고 싶었다

병원균처럼 오래 잠복해 있거나
꽃가루의 자취를 따라 풍향의 끝으로
길고 지루한 추적을 하기도 했다

낡고 해진 몸으로 이 도시에 돌아왔을 때,
만났다
빠르고 불규칙한 기류 속
흔들리며 날아가는
나비 한 마리

흔들림이란,
흔들릴 때마다,
단 한번도,
누구와도,
닮아 있지 않다

외줄에서 떠밀린 듯 저 날갯짓
이 종(種)의 전략은 흔들림이었으므로
이제야 발견한
누구도 본 적이 없는 이 위태로운 개체에게
내 것과 같은 이름으로
학명을 붙여주었다

칸

새벽에 깨어 물 마시고 왔다
아내가 오른쪽으로 돌아누워
칼잠을 자고 있다
왼손을 둥근 배에 얹어
배 속의 아기도 한잠이 든 모양이다
어둠속에 서서
모로 누운 아내를 내려다본다
그녀의 모습은 들여쓰기 교정부호 ㄷ 같다

당신, 한 칸 들어서세요
늘 거기서 머뭇거릴 건가요

아기가 깨지 않도록
살며시 아내의 등에 붙어 눕는다
이 새벽, 다시 잠들지 못하고
천장에 그려진 원고지 첫 칸을 치어다본다
오래전에 난 다 배웠다

문단은 어떻게 시작되는지
낡은 것을 가지고선
그 1cm×1cm 한 칸도
넘어서지 못한다는 걸
다 배웠었는데

고려소금대장경

자작나무 거친 호흡
한 삼년
짜가운 바닷물에 잠겨 숨을 죽였다

팔만 사천 板의 법문
이 나라가 당신께 귀의합니다
오천이백삼십삼만 字
한 글자를 깎을 때마다
一拜
一拜

장경각 바닥에 소금을 깔았다
십육년 동안
오천이백삼십삼만 拜
젖은 등짝을 긁어 염전을 일구었다
빼앗은 사람도
지키는 사람도

모두 돌아가고
소금이 남았다
인간의 영역도
신의 영역도 아니므로
소금은 아무 데도 가지 않는다

사람이 經을 만들고 가면
소금이 고스란히 經을 지킨다

다산(茶山)과 보낸 하루는

검소하게 저물고 있었습니다
능내역에서,
빛나는 강의 비늘들을 바라보며
딱 시장기만큼만 뜸하게 오는 기차를 기다렸습니다
강물을 떠다 흙을 갰는지
정갈하게 빚은 역사의 기왓장마다
옅은 민물 비린내가 번져왔습니다
다산이 나고 죽은 여유당 햇빛 속에서
하루를 보내며
촘촘한 그이의 정신을 읽고 오는 길이었습니다
날이 저물면서 그윽해지는
능내마을을 걸어
강가에 매달아놓은 그네에 앉아도 보았습니다
강물이 발끝을 적시지 않고 조용히 에돌아갑니다
다시 역으로 돌아와 기차를 기다리며
강물과 나란한 철길을 오래도록 바라보았습니다

혼자 기차에 오르길 잘했습니다

이미 선생과 함께 돌아오지 않겠다고 마음먹었습니다

철길을 바라보며 그때 알았습니다

물이 그러하듯 쇠가 또 그러하듯

어딘가를 향하는 동안에만

강물이고 철길인 것이었습니다

그러니 선생의 정신일랑은 그대로 남겨둔 채

나는 강물을 데리고

불 켜지는

사람의 집들 사이로

돌아오는 것이 마땅했습니다

반동

미국 프로레슬링을 본다
허리를 꺾어 내리꽂는 파워밤이나
로우프 위에서 몸을 날려 상대를 덮치는
버티컬 스플래쉬에 이은 끝내기보다
내 눈길을 사로잡는 것은 로우프 반동 기술이다
반동으로 튀어나오는 상대를 몸에 걸어
공중으로 던져버리거나
드롭킥을 날린다

넥타이를 매고 링 위에 선다
새우처럼 중심을 꺾어 그만 항복해버릴까
반칙 공격을 당해 나도 반칙으로 응수할까
무게에 눌려 쓰러진다
오늘도 원, 투에서 겨우 그를 밀어냈다
일으켜 세워져
다시 로우프를 향해 내던져진다
떠밀려가던 힘은 공격자의 영역이었지만

로우프에 튕겨나오는 순간, 그때
속도 에너지는 그의 것인가 나의 것인가
그러므로 달려간다
나를 밀어붙인 그에게 되돌아간다
그의 힘 그대로를 떠안고서

황홀한 방문객

정말 이러시깁니까
꼭 이런 때 찾아오십니다

급한 일에 쫓겨 혼자 남아 뒤틀리다가
어두운 창에 비친 사내의 넥타이를 당겨 풀어줄 때,
늦은 퇴근길 컴컴한 간선도로
생각을 멀리 보내고 그 뒤를 따라가다가
네개의 차선을 한꺼번에 건너
집으로 향하는 진출로에 겨우 접어들 때,
그럴 때 당신은 오셨습니다

당신을 만나러 길을 나선 적이 더 많았습니다
만지고 싶었고 읽고 싶었습니다
그땐 어디에 숨어 계셨는지
배편이 끊긴 남도의 선착장에서 받아적은
당신의 짧은 숨결 한 줄로도
기쁘고 아파서 잠 못 이루었는데

내 안의 먼지를 빨아들이느라

청소기 소리가 시끄러울 때

하필 이럴 때 오십니까

초인종 소리를 듣지 못해

너무 오래 당신을 밖에 세워두었습니다

티눈

며칠 따끔따끔한 걸 모른 척 지냈더니
한순간 딱 한 걸음부터 견딜 수 없이 아프다
절룩절룩 집으로 돌아와
들여다본다
걸음을 디딜 때마다
가장 먼저 가장 많이
삶의 지면에 닿던 거기
점점 굳어져온 나의 딱 거기

별게 다 아프게 한다
티눈 반창고를 붙이고
이것이 분기를 기다린다

걸음걸음마다
무게를 견디며 짓눌리다가
단단히 굳어가다가
아픈 걸 참다 참다

비로소 눈이 되는가
그때 거기서 눈떠야 했는데

허옇게 불어서 흐물거리는 티눈을
손톱깎이로 뜯어내려는데
그 눈이
이 눈을
빤히 들여다본다

당신의 역도
백수봉[*] 씨에게

누구나 감당하는 무게를 들어올리는 것을
역도라고 하지 않더군요
극한의 무게를 끌어올리는 역사의 얼굴을
깊이 들여다보았습니다
무게는
그들이 들고 일어서야 할,
그러나 단 일초라도 어서 내려놓고 싶은
운명입니다
무엇이 당신을 그리 무겁게 하던가요
들어도 들어도 꿈적하지 않고
다 들지도 못한 채 내려놓고 마는 것
나라는 것
이렇게 무거운 것이었나요
그런데 오늘,
온몸의 핏줄과 근육을 극한으로 팽창시키며
무언가를 든 채 내려놓지 못하고 있습니다
이렇게 무거운 나

뭐가 아깝다고

들고 서 있어야 하는 건가요

* 잡지에 발표한 나의 시 「김신조가 온다」를 읽고 편지를 보내온
  사람. 시의 길을 물어왔지만 답하지 못했다. 지금 마산구치소에
  서 복역중이며 이따금 편지를 주고받고 있다.

눈부신 그늘에

나의 밝음으로 그대를 불러보네
그 빛에 이끌려 내게 온다고 믿었네
어부림(魚付林),*
숲이 우거지면 수면에 그늘이 드리우고
그곳에 모이는 먹이를 쫓아
어족이 온다
그대, 나의 그늘을 보시고도
기꺼이 내게 오셨다는 걸
난 왜 여태 모르는지

* 어군(魚群)을 유도할 목적으로 물가에 나무를 심어 이룬 숲.

2인극

몸살,

이것을 하루종일 업고 다니면
나는 하나의 나로만 지어진 것 같지 않다
혼자라면 이렇게 무겁고
무릎이 꺾이고
어깨가 뻐근할 리 없다
업힌 채
내 목을 어떻게나 꽉 끌어안는지
숨을 제대로 쉴 수 없다

내 안에
아픔만을 감당하는
또하나의 내가 있다
차마 내려놓지 못하고
오늘도 내가 나를 업고 간다

지부복궐상소(持斧伏闕上疏)[*]

빈손 들고 왔었지만
오늘은 도끼 들고 엎드려 읍소하옵니다
나의 간(諫)을 받아들이시면 내가 살 것이요
이 충심을 물리치시려거든
도끼로 나를 먼저 찍으소서
이야기하는 바를 아예 들으시려 않는다면
도끼로 무릎을 끊어
돌아갈 길을 스스로 지우겠나이다

은애하는 이여
당신에게 가는 길은 언제나
백척간두의 진일보였습니다
아뢰는 말 한마디 한마디가
합당하게 전해지는지
받들어올린 문장들이
금세 잊혀져버리는 건 아닌지
감히 도끼에 이마를 대고

임 앞에 엎드립니다

바라옵기는
이 일천한 서생이 풀어내는 인생의 면면들을
내치지 마시고 회중에 간직하소서
만일 그리하기를 원치 않으신다면
구차하게 지묵을 들고 들개처럼 배회하지 않을 것이니
도끼로 이 몸을 발라
차갑고 어두운 지하에 내던지신다 해도
붓을 든 몸의 큰 은혜이겠습니다
벼린 날이 그러하듯 밝게 살피소서

* 도끼를 들고 궁궐 앞에 엎드려 상소함. 면암 최익현이 고종 13년
  일본과의 강화도조약에 반대하며 임금에게 올린 상소문의 제목.

완강한 독서

전철에서 넋 놓고 책 읽다가
어느새 환승역에 닿아
얼른 가방에 쑤셔넣고 내렸다
갈아타서 다시 꺼내는데
다른 책 한권이 꼬리를 물고 딸려나온다
둘의 갈피가 엇갈리며 맞물려 빠지지 않는다
힘껏 당겨봐도 갈피들의 결속이 나의 완력보다 세다
이건 힘으로 되는 문제가 아니다
당신과 나의 갈피들
찢어지고 구겨지기 쉬웠던 종잇장
엇갈려서 맞물려서
힘으로 어찌해보려는 것들보다 세질 수 있다면

한장, 한장
나에게 포개고 싶은 그대여
오늘
책을 읽었다

이 남자의 뒷물

더는 못 참겠다
항문외과에 가서
밑구멍을 보여줬더니 탈항이라는 진단이다
치핵이 삐져나와
거슬릴 때마다 아파서 견딜 수가 없던 것이다

대야에 미지근한 물을 받아
소금을 풀고 엉덩이를 담근다
가만히 손을 대보니 미끄럽고 여린 조직감
내 안이 이렇게 생겼었구나
안에 있어야 할 것이 밖으로 나와 쓸리며
안팎을 다 못살게 한다
구멍은, 안이면서 밖이면서 경계이다
안을 밖으로 밀어내고
밖을 안으로 끌어당길 때마다
쓰라려 못 견딜 것이다
그래서 나는 노래할 것이다

이 땅의 아름다운 것

이봐요
그제 당신을 보았어요
바람의 손을 잡으셨더군요
한 아이가 놓친 풍선을 붙잡아주러
멀리 가고 계신
당신의 둥근 등을 보았습니다

어제 당신을 보았어요
바람과 함께 걷고 계셨지요
꽃잎이 모나게 자라지 않도록
일일이 저들의 이마를 매만지며 가시는
당신 손톱 안의 반달을 보았습니다

바람은 언제나 당신을 지나면
둥근 몸을 가집니다
당신의 정신이 그리 생긴 까닭입니까
멀리서, 꼼꼼히 모서리를 다듬어

바람을 보내주셨어요

오늘 당신을 보았을 땐
둥근 바람의 옷을 입으시고
이 땅의 하고많은 아름다운 것들은 그냥 둔 채
하필
땅위를 구르던 검은 비닐봉지를 택하여
동행 삼으시고
저 멀리 먼 데까지
날아가고 있었습니다

리어카 리어카

골목길 전봇대에 기대 웅크리고 있는 너
너, 참 오랜만이다

아무 동력 없이 홀로 바퀴를 굴려야 할 때가 있었다
무거울수록 경사가 가파를수록
경첩처럼 몸을 반으로 접는 법도 배웠다
등뒤에 짐 지워진 무게를
배에 붙여 끌고 갈 때

오늘 이 오르막길
비틀비틀 걸음을 꼬면서도 멈추지 않는 것은
끝내 이 길을 오르기 위함인가
서는 순간
뒤로 미끄러져 내려간다는 것을 알기 때문인가
이 저녁, 배에 힘이 빠지고 공연히 등이 굽어서
나는 왜
네 옆에 이토록 오래 서 있는가

흡혈귀

아내가 감자볶음을 해놓았네
감자를 썰다가 손을 베었다고 하네, 꽤 깊이

혼자 돌아와
아홉시 뉴스와 겸상하여
감자볶음 반찬으로 저녁을 먹는다네
나는 아내의 피를 빨아먹는 흡혈귀라네
이 감자볶음은 유난히 맛있다네
먹는 음식에
사람 피가 들어가니 이렇게 맛있다네
그러니 내가 써내려가는,
사람이 먹는 이 음식에
내 피 한 방울이라도 섞여야
맛이 나는 법이라네
뭘 잘한 게 있다고
감자볶음을 밥에 얹어가며
우적우적 다 먹어치웠다네

철근을 옮기는 법

작고 볼품없는 인부 하나가 철근을 옮긴다
제 키의 세배나 되는 길이의
굵은 철근 묶음을 들어올리려 한다

양쪽 끝을 다듬어 맞추고
한쪽을 들어
어깨에 힘겹게 얹는다
철근은,
인부와 지면의 각이 90도인 직각삼각형의
긴 변이 된다
어깨를 퉁겨 철근을 슬쩍슬쩍 들어올리며
그는 조금씩 앞으로 간다
한 발
한 발
철근 뭉치의 중심을 향해 간다
하중이 두 쪽으로 휘어지는 곳까지 왔다
무게중심에서

나를 누르는 것들의

중심으로 걸어가고 싶다, 그들이

어깨 위로

휘청

들어올려질 때까지

장어구이

꼬리부터 먹어라
남자한테 이게 그렇게 좋다네

일부러 수문 열어놨지?
그깟 댐쯤이야
못 갈 거 같아?
이 꼬리로 한달음에 치고 올라가
제 몸만 챙기는 놈들
어디 가만두나 봐라

담론(痰論)

결린 데만 결리는 게 아니다
오른쪽 등허리 위쪽에서 어깨를 지나
뒷목으로 올라갔다가
왼쪽 허리까지
두루두루 다니지 않는 곳이 없다
그는 죽어 없어지지 않고
한번 몸 안에 들어오면 나가지 않는다
그게 담이다
담이 들어 뻐근한 날
벽에 등을 치며 묻는다
안에 들여서는, 내보내지 못하고
견뎌야 하는 것이
진정 담 하나뿐인가
그뿐인가
쿵쿵, 묻는다
이 안 어딘가의 그대에게

김신조가 온다

게릴라들이 왔다

청와대를 향해 돌진하던 중
불꽃이 오가는 야간 시가지전투가 벌어졌다
수도경비대가 청와대 위로
조명탄을 쏘아올렸을 때
그들은 환하게 피어나는 하늘을 올려다보며
짧게 한숨지었을 뿐
적의 중심
그 두개골을 바수기 위해 달려온 담대함이
무뎌지지 않는다
한점을 건드려 전체를 뒤흔들기 위해
게릴라들이 밤길을 왔다

김신조가 마지막으로 생포되었다
박정희를 도끼로 까러 왔시오
어마어마한 적의가 한반도를 강타했다

누군가 이 안을 건드리지 않아도
지금 이렇게 덜그럭거리고 있다
그러나 언젠가 내 가운데 갇혀
스스로를 깨지 못할 때
중심에서부터 전체가 함께 굳어갈 때
그때 그가 올 것이다

소금 시

로마 병사들은 소금 월급을 받았다
소금을 얻기 위해 한 달을 싸웠고
소금으로 한 달을 살았다

나는 소금 병정
한 달 동안 몸 안의 소금기를 내주고
월급을 받는다
소금 방패를 들고
거친 소금밭에서
넘어지지 않으려 버틴다
소금기를 더 잘 씻어내기 위해
한 달을 절어 있었다

울지 마라
눈물이 너의 몸을 녹일 것이니

■
해설

시가 솟아오르는 순간

박수연

  시집의 첫 시 「매」는 하나의 시론(詩論)이다. 시론이라
고 해서 「매」를 시의 구조에 대한 미학적 지침이라고 생
각할 필요는 물론 없다. 모든 시에는 이면이 있을 것이
다. 언어의 의미화를 통해 구성되는 그 이면은 그러나 단
순히 내용으로 환원되고 마는 것이 아니다. 대부분의 경
우 내용으로 환원되고는 있지만, 그 내용의 저 아래쪽에
도 무엇인가가 있다는 사실 또한 기억할 필요가 있다. 시
가 시론이라는 것은 시적 구조 밑에서 시를 만들어내며
움직이는 그 무엇인가에 대해 시인이 민감하다는 사실을
뜻한다. 이것은 일차적으로는 시 앞에 놓이는 삶의 모습

에 그가 예민하다는 말과 같다. 시가 삶의 비유이며 그 비유로서 삶에 반향한다는 것은 하나의 상식이다. 시인에게 시는 삶의 미적 형식이며 삶은 시의 현실적 형식이기 때문이다. 그렇지만 시적 언어의 표면에서 삶을 말하고 그 이면에서 미적 언어의 운동에 대해 말하는 것은 흔한 일이 아니다. 삶의 내용을 지렛대 삼아서 그 내용의 저 아래를 종횡하는 언어운동에 대해 말하기 위해서는 정말로 분명하고도 뚜렷한 자의식이 필요하기 때문이다. 「매」는 시의 구조 자체에 대해서 말하지는 않지만 시가 탄생하는 순간의 섬광에 대해서는 명확한 생각을 보여준다. 여기에는 시가 발생하는 장소가 있고 동시에 그 장소에서 부딪치는 격렬한 힘들이 포개져 있다. 두 힘이 겹쳐지는 운동방식을 포착하는 시인은 그 운동이 일어나는 장소와 그 운동의 힘을 병렬시켜놓는다. 이로써 시 전체는 시적 촉발의 순간을 형상화하는 것으로 전환된다. 길지 않으니까, 시를 인용해보는 것도 좋겠다.

매받이는 사냥을 나가기 한 달 전부터
가죽장갑을 낀 손에 나를 앉히고
낯을 익혔다
조금씩 먹이를 줄였고

사냥의 전야

나는 주려, 눈이 사납다

그는 안다

적당히 배가 고파야 꿩을 잡는다

배가 부르면

내가 돌아오지 않는다는 것을

꿩을 잡을 수 있을 만큼의,

날아 도망갈 수 없을 만큼의 힘

매받이는 안다

결국 돌아와야 하는 나의 운명과

돌아서지 못하게 하는 야성이 만나는

바로 그곳에서

꿩이 튀어오른다

—「매」 전문

주목해야 할 곳은 마지막 네 구절이다. '돌아옴—운명'과 '떠남—야성'이라는 두 힘이 마주치는 곳은 '꿩'이 튀어오르는 장소이다. 이 장소는 그러므로 두 힘이 부딪치면서 만들어내는 예기치 못한 어떤 사건들의 출몰장소가 될 것이다. '매'에게 '꿩'이 나타나듯이, 이 사건이 시인과 관련될 때 그것은 시적인 어떤 것이 드러나는 일이 될 것이다. 모든 존재들에게는 대상을 감촉하고 환원하는 자신들 고유의 더듬이가 있을 것이기 때문이다. 이를테면, 표면적 의미에서 '꿩'이 튀어오르는 한편으로 심층적 의미에서 시가 솟아오르는 이 장소를 감지할 때, 시는 생의 야생적 자유와 정형적 운명을 압축하는 은유가 된다. 독자들은 시의 앞구절들을 자유와 운명의 구체라고 읽을 수 있을 것이다. '굶주림' '사나움' '귀환' '도주'의 사태들은 그 삶을 구체화하면서 서로 부딪쳐서 목표물을 발견하게 하는 통로들이다. 이 힘들이 충돌하는 "바로 그곳에서/꿩이 튀어오른다"고 시인은 쓴다. 마찬가지로 독자들은 '꿩'이 솟아오르는 지점을 시적 삶의 순간과 결합시켜서 '시가 솟아오르는 지점'이라고 생각할 수 있는 권리를 분명 가지고 있다.

이 '꿩'이 시의 은유라는 사실을 알기 위해서는 시집의 다른 작품들을 건너뛰어서 마지막 작품 「소금 시」를 보는 것으로도 충분하다. "나는 소금 병정/한 달 동안 몸 안의 소금기를 내주고/월급을 받는다"는 구절을 제목과 함께 읽을 때, 독자들은 시의 탄생이 어떤 경로를 거치는지 깨닫게 되는데, 그 경로는 「매」에서 '꿩→시'가 솟아오르는 순간과도 같은 것을 정황적으로 압축한다. 「소금 시」는 '삶→소금'으로써 세상을 건너가는 상태에 대한 시학적 전환일 것이다. 여기에는 시와 삶의 상호반향이 구조적으로 짜여 있다. 시의 제목이 '소금 시'이기 때문에 '소금'이라는 단어는 그것의 앞뒤로 시와 삶을 환기한다. "몸 안의 소금기를 내주고," 1연에서 표현되듯이, "소금 월급"을 받기 때문이다. 이 '월급'이 '월급→시'라는 의미론적 방향전환을 이룬 후 그 정황은 다시 시를 삶의 전체적 면모로 소급시킨다. "소금 방패를 들고/거친 소금밭에서/넘어지지 않으려 버틴다"는 구절이 그렇다. 여기에서 '소금'은 얻는 것이며 주는 것이고 삶이라는 싸움의 수단이자 장소이기도 하다. 이것은 「소금 시」와 관련하여 생각해보면 시가 그렇다는 말이기도 할 것이다. 이를테면, 두 개의 대비되는 힘이 소금을 위해 충돌하는 정황이 여기에 있다. 「매」가 그 힘들로써 '꿩'을 만들어냈다면 「소금 시」는 유사한 것으로 '소금'을 만들어낸다. 후자는 그런데 얻고 주는 모순적 삶의 영역으로 시의 의미를 더욱 확장시킨다. 전자는 모순적 생성 그 자체에 언어를 걸어두고, 후자는 복합적 삶의 면모에 언어를 걸어놓음으로써 시가 나오는 것이다.

  결국 이와같이 구성되고 이해되는 시학은 삶의 표현이기도 하지만 그 삶에 반향하는 시의 탄생을 환기하는 것이기도 하다. 일반적으로 생각한다면, 시란 끝없는 도주의 자유를 실현하는 언어구성체이다. 자기마저도 부정함으로써 새로운 세계에 도달하는 운동이야말로 시의 운명이라 할 만하다. 그러나 새로움에 대한 이 맹목적 추구가 언어적 신기함으로 치닫는 곤경 또한 미적 자율성의 신화가 동반하는 난점인데, 이것이 20세기의 시단(詩壇) 내내 이른바 '언어의 감옥'이라고 지칭된 미학적 사례를 야기했음은 물론이다.

윤성학의 시는 그 사례에 대한 좋은 대비를 이룬다. '돌아옴—운명'과 '떠남—야성'이라는 대립적 힘들이 충돌하는 국면을 고려한다면, 그의 시는 시적 언어들의 필연적 운명을 그 필연성의 외부와 결합시킴으로써 탄생한다고 할 수 있다. 시는 시 일반이기 위해서 공통적인 미적 자질을 실현해야 하지만 동시에 하나의 특이한 시이기 위해서 그 일반성을 단독으로 완성해야 한다. 시적 특이성이란 그러므로 시 내부에서 외부를 폭발시키는 상태의 또다른 이름일 것이다. 윤성학의 시가 '돌아옴'과 '떠남'을 충돌시키는 것은 그 폭발을 조절할 줄 아는 사람의 시적 규율이 있음을 알려준다. 이 규율은 그런데 어떻게 '언어의 감옥'에서 시를 벗어나도록 하는 것일까.

그것 역시 '돌아옴'과 '떠남'의 충돌에서 나온다. 이 충돌의 자리에서 '꿩→시'가 솟아오른다는 점에서 그 두 힘은 부정적인 것도 긍정적인 것도 아니다. 애써 구분한다면 그 둘 다 새롭게 형성되는 세계에 기여한다는 점에서 긍정적인 존재들이긴 하지만, 그것은 결과론적으로만 그렇다. 시의 존재론적 측면이란 그러나 그 평가를 떠나 있음이 분명하다. 한때 결과론적 긍정성에 붙들려 시의 언어를 평가한 시대가 있기도 했지만, 시는 언어의 미적 자기확장 속에서 그 평가를 넘어서는 것이다. 그것들은 자기 내부에서 언제나 초월적(transcendental)이지만 동시에 그것들은 항상 견고한 성채로 시를 구성한다. 이 성채가 '언어의 감옥'을 벗어나는 길이란 그러므로 자기 내부에서 실현되는 외부로서의 공통성에 대응함으로써만 가능하다고 해야 한다. 그의 '꿈→시'가 '돌아옴'이라는 운명을 수락한다는 점에 주목하도록 하자. 외부로서의 공통성이란 그 '돌아옴'을 통해 개별성의 신기함을 극복하도록 하는 힘이다. 시는 개별적으로 공통성을 실현함으로써 시적 주체마저도 삼투될 수밖에 없는 타자'들'의 영역으로 들어간다. 이때 윤성학의 시는 그것 자체로써 현실을 환기하는 힘을 획득한다. 그리고 이때 두 힘들이 충돌하는 곳, 혹은 "무한한 공간과 찰나의 시간이 만나는 그곳"(「클레이사격장에서 쏜 것은」)은 시를 솟아나게 하는 마당이면서 맹목적 언어를 현실의 수직적 깊이로 하강시

키거나 상승시키는 장소라는 사실이 드러난다.

윤성학의 시에서 이런 '마주침'의 공간은 유별나게 반복되는 시적 장치이다. 앞에서 썼듯이 이것은 그 공간에서의 힘들의 운동과 그 결과에 대해 그가 뚜렷하게 포착하고 있음을 의미할 것이다. 이와 유사한 구절들은 많다. 크게 두 유형으로 나뉘는 그것들의 첫번째 예는 위에서 설명되었듯이,

그 거리, 1cm도 멀어지거나 가까워지지 않는/그 간극/바위를 사이에 두고/세상의 안팎이 시원하게 내통(內通)하기 적당한 거리(「내외」)

두려움과 평화 가운데 하나를 선택해야만 하는/운명의 방식(「단독강화」)

과 같이 수평적 공간 속에서 대립적 힘들이 충돌하는 과정을 표현하는 것들이다. 두번째 예는,

내 안에/아픔만을 감당하는/또하나의 내가 있다/차마 내려놓지 못하고/오늘도 내가 나를 업고 간다(「2인극」)

잃어버린 것을 찾고 싶다면/몸을 낮추어야 한다/바닥까지 내려가거라/잃어버린 것들은 갈라진 곳에 살고/그곳은 늘 어둡다(「귀고리를 꺼내주세요」)

처럼 한 존재 안에서 또다른 자기로 나뉘며 수직적 깊이로써 충돌하는 힘들을 표현한 것들이다. 수직적 깊이로써 충돌하는 힘이라고 썼지만, 이것은 실은 시적 언어 세계에 깊이 모를 의미의 공간이 저 위에서 아래까지 펼쳐지고 있다는 사실을 가리킨다. 이것은 그러므로 언어들의 수직적 압축으로 이루어지는 시적 은유에 대한 것이며 따라서 윤성학의 시는 최근 젊은 시인들의 환유적 언어사용방식과 크게 대비되는 수사학으로 특이성을 구성한다고 할 수 있다.

예상 밖이다
누구나 예상은 하고 있지만
쏘아 떨어뜨려야 할 것들은
언제나 갑자기 날아온다는 사실

목표물은 한순간도 같은 자리에 머물지 않는다

빈 하늘을 빠르게 횡단한다
허공에 걸린 표적을 향해 총을 겨눈다
그러나 내가 쏘는 것은
마른 공기를 가르며 날아가는 비행체가 아니다
그가 도착하지 않은,
몇백분의 일초 후
그곳에 도착할지 아닐지 알 수 없는
허공의 한점
불안과 희망이 만나는,
무한한 공간과 찰나의 시간이 만나는 그곳으로
총알을 마중보내는 것이다
　　　　　　　—「클레이사격장에서 쏜 것은」전문

주목할 만한 구절은 "언제나 갑자기" "몇백분의 일초"
"허공의 한점"이다. 시의 다른 언어들은 이 세 가지 언어
로 집중되고 압축된다. 「클레이사격장에서 쏜 것은」이
시적 은유를 구성할 때, 이것들은 모두 시간의 미세한 일
점을 가리킨다. 시 전체적으로 산포된 '날아가는 행위'
'총을 겨누는 행위' '쏘아 떨어뜨려야 할 것과 총'이 일점
을 향한 집요한 배치물들로 기능한다. 여기에는 그러므
로 면적은 없고 깊이만 있다. 이렇다는 것은 시의 언어들

이 포착하는 목표물을 그 목표물의 연장(extension) 속에서가 아니라 그것의 찰나가 갖는 깊이 속에서 찾아야 한다는 사실을 뜻한다. 좀더 넓혀 이야기한다면, 시가 다루는 존재들의 의미는 수직적 운동 속에서 나오는 것이지 외연적 확장을 통해 획득되는 것이 아니라고 할 수 있다. 이른바 의미의 깊이라는 말이 여기에 해당할 것이다. 깊이를 넓이로 대체하는 것은 그 대상의 심층을 확인하는 일일 뿐 다른 존재로 교체하는 일이 아니다. 「클레이사 격장에서 쏜 것은」의 경우 그 깊이는 순간으로 바뀌어 표현된다. 이 바뀜은 "언제나 갑자기" 일어나는 것인데, "예상 밖"의 그 사건의 결과 "무한한 공간과 찰나의 시간이 만나는 그곳"을 마주하게 되는 것은 행복한 일이 아닐 수 없다. 여기에서도 시인이라는 주체가 시적 대상이라는 객체와 만나 벌이는 운동을 살펴볼 수 있다. 시인이 쓰고 있듯이, 대상으로서의 목표물은 "빈 하늘을 빠르게 횡단"하지만 시인은 그것을 "무한한 공간과 찰나의 시간"을 마주치게 해서 포착하는 것이다. 공간과 시간이 만나는 순간을 '찰나'라고 한다면 만나는 지점을 '찰나의 공간'이라고 부를 수 있을 것이다. 공간은 크게 두 가지로 나뉜다. '표상가능한 공간'(extensio)과 그것의 원천이 되는 '바닥 없는 공간'(spatium)이 그것이다. 바닥 없는 공간은 표상가능한 공간 속에서 그 공간을 가능케 하고 스스로를 펼치는 일종의 에너지이다. 수직적 깊이의 공간이란 이처럼 표상가능한 공간을 통해 접근해야 하되 그 구체적 물질성은 감각할 수 없는 바닥 없는 공간을 뜻한다.

따라서 마주침의 시적 운동이 수평적인 것과 수직적인 것의 두 가지로 나뉠 수 있다고 해도 그것들의 의미는 모두 수직적 깊이에서 솟아나는 것이라는 사실은 특기해둠 직하다. 시적 깊이는 그 수직적 운동 공간의 또다른 표현일 것이다. 바슐라르의 말을 빌리면 윤성학의 시는 운문의 시간으로 구성되기보다는 포에지의 시간으로 구성되는 경우에 속한다. 이 말은 그의 시가 수직적 깊이의 층위에서 운동하면서 퍼져 용솟음친다는 것을 뜻한다. 그의 시는 '꿩'이 갑자기 솟아오르듯이 한순간 튀어오르는 언어와 의미들의 순간이다.

멀리 에둘러왔으니, 이제 윤성학의 시가 '언어의 감옥'을 벗어나는 실례를 살펴볼 수 있을 것이다. 수평적 대립의 힘과 수직적 깊이의 힘이 제각각 존재하는 것이 아니라 서로 섞이면서 움직인다는 사실을 고려하면, 결국은 수평적인 것과 수직적인 것 또한 충돌하면서 의미의 깊이를 이룬다고 해야 한다. 이때 윤성학의 다음과 같은 시가 아름답게 용솟음치는데, 이것이야말로 언어의 수직적

깊이라는 말이 '언어의 감옥'이라는 말로 오해될 수도 있
는 여지를 상쇄시킨다.

검소하게 저물고 있었습니다
능내역에서,
빛나는 강의 비늘들을 바라보며
딱 시장기만큼만 뜸하게 오는 기차를 기다렸습니다
강물을 떠다 흙을 갰는지
정갈하게 빚은 역사의 기왓장마다
옅은 민물 비린내가 번져왔습니다
다산이 나고 죽은 여유당 햇빛 속에서
하루를 보내며
촘촘한 그이의 정신을 읽고 오는 길이었습니다
날이 저물면서 그윽해지는
능내마을을 걸어
강가에 매달아놓은 그네에 앉아도 보았습니다
강물이 발끝을 적시지 않고 조용히 에돌아갑니다
다시 역으로 돌아와 기차를 기다리며
강물과 나란한 철길을 오래도록 바라보았습니다
혼자 기차에 오르길 잘했습니다
이미 선생과 함께 돌아오지 않겠다고 마음먹었습니다

철길을 바라보며 그때 알았습니다
물이 그러하듯 쇠가 또 그러하듯
어딘가를 향하는 동안에만
강물이고 철길인 것이었습니다
그러니 선생의 정신일랑은 그대로 남겨둔 채
나는 강물을 데리고
불 켜지는
사람의 집들 사이로
돌아오는 것이 마땅했습니다
　　　　　　　　　　　—「다산(茶山)과 보낸 하루는」전문

시에는 어떤 이야기가 담겨 있다. 독자들은 그것을 다산의 삶에 대한 반향으로 읽을 수도 있을 것이다. 다산의 삶을 반추하며 맞는 순연한 시간과 사물들이 시에는 넘쳐흐른다. "다산이 나고 죽은 여유당"에서의 하루가 그것이다. 그 시간의 흐름 속에서 펼쳐지는 사건들과 사물들을 포착하는 서술어들을 시의 순서대로 보면, 저물다, 기다리다, 번지다, 바라보다, 에돌다, 마음먹다 등이다. 이것들은 시적 대상들을 대상 자체로 응시하는 태도를 표상한다. 이렇다는 것은, 시적 대상들이 그것들 자체의 목소리와 모습으로 차례차례 병렬된다는 사실을 뜻한다.

그것들은 다른 것들을 압도하지도 규정하지도 않으면서 스스로 그렇게 있는 존재들이다. 시에 안도와 평화가 지배적인 것은 그 때문이다. 그리고, 그다음에 시는 그 병렬로부터 솟아오르는 목소리를 포착하는데 그것을 시인은 "알았습니다"라는 서술어로 드러낸다. 여기에는 불현듯 부드럽게 용솟음치는 개안이 있다. 이 서술어 다음에 진술되는 사태들은 그 개안의 직접적 효과로 나타난다. 그 핵심이 "나는 강물을 데리고/불 켜지는/사람의 집들 사이로/돌아오는 것이 마땅했습니다"라는 사실을 아는 것은 어렵지 않다. 주목해야 할 것은 이 개안이 사건과 사물의 병렬체 사이에서, 강물과 같은 아득한 깊이의 공간 속에서 부드럽게 갑자기 솟아난다는 점이다. 이 시적 개안은 그 이전에 진술된 사건과 사물들을 자신의 저 깊은 순간에 동반하면서 나타나는 것인데, 이렇게 될 수 있는 점이야말로 윤성학의 시학이 어떤 격렬성의 순간을 포용의 힘으로 바꾸어놓을 줄 알고 있기 때문일 것이다. 그 힘이란, 그의 시학의 근간을 이루었던 수평적 대립과 수직적 깊이가 서로를 부드럽게 감싼 소산일 것이다. 이것은 최근의 젊은 시인들의 격렬한 폭발성과는 다른 차원의 언어를 드러낸다. 윤성학의 시에 패기가 없다는 말은 전혀 올바른 것이 아니다. 「매」에 드러나는 것과 같은 결기가 그의 시집에는 여기저기 박혀 있다. 중요한 것은 그가 그 결기를 「다산과 보낸 하루는」에서처럼 부드럽게 감싸는 힘의 궁륭으로 전환시킬 줄 안다는 사실이다. 이 것은 언어가 궁극적으로 지향해야 할 세계가 어디에 있는가를 아는 사람의 시학이 아닐 수 없다. 이렇게 해서 그는 복합적인 시의 순간을 양가적인 구도 속에 포괄할 수 있게 되었다. 그에게 "시적 순간이란 두 개의 상반되는 조화로운 관계이다."(바슐라르)

朴秀淵 | 문학평론가

■
시인의 말

아무래도 이 이야기는 다시 하고 넘어가야겠다.

금침(金針). 금사(金絲)라고도 한다.

속눈썹 한 가닥보다 얇고 짧은, 금으로 만든 침(針)을 사람의 혈관에 넣는다.

이 침이 혈관을 돌고 돌며 혈관에 달라붙은 노폐물이나 혈전과 부딪치게 하는 요법이다.

그들과 부딪치며 침은 그렇게 조금씩 조금씩 마모되어 결국 언제인지 알 수 없는 때에 사라져버리고 만다.

핏속에 녹아든다.

속눈썹 한 가닥만 한 질량의 이 시들을 당신의 혈관에 밀어넣는다.

내가 당신을 치료하거나 다가올 아픔을 지금 막을 수 없다는 것을 안다.

10만 킬로미터 당신의 혈관을 따라 돌고 돌 뿐.

그렇게 그 속에서 닳고 닳으면 그뿐.

언제인지 알 수 없는 순간에 다 녹아버리면 그뿐.

그리하여 내가 당신 안에서 살 수 있게 된다면
그것을 불멸이라 말해도 좋을까.

능내 강가에서 쓰다.
나뭇잎 한 권을 물위에 띄운다. 나의 상류에 있는, 그
리고 하류에 계실 수많은 당신에게 가닿기를.

윤성학

창비시선 261

당랑권 전성시대

초판 1쇄 발행 / 2006년 4월 10일
초판 5쇄 발행 / 2015년 11월 24일

지은이 / 윤성학
펴낸이 / 강일우
책임편집 / 황혜숙
펴낸곳 / (주)창비
등록 / 1986년 8월 5일 제85호
주소 / 10881 경기도 파주시 회동길 184
전화 / 031-955-3333
팩시밀리 / 영업 031-955-3399 · 편집 031-955-3400
홈페이지 / www.changbi.com
전자우편 / lit@changbi.com

ⓒ 윤성학 2006
ISBN 978-89-364-2261-5 03810